EL ATOLLADERO

EL ATOLLADERO

Cuentos de misterio en lugares inesperados

JORGE A. ONTIVEROS

HISPANIC INSTITUTE OF SOCIAL ISSUES

MESA, ARIZONA • 2023

FIRST EDITION

El atolladero
Cuentos de misterio en lugares inesperados

Copyright © 2023 Jorge A. Ontiveros

Hispanic Institute of Social Issues
PO Box 50553
Mesa, AZ 85208
(480) 939-9689 | HISI.org

Cover & book interior designed by Yolie Hernandez
yolie@hisi.org

Cover photo by Omar Jabri

Library of Congress Control Number: 2023933297

Paperback ISBN: 978-1-936885-51-0

A mi hermano Víctor Manuel Ontiveros

Índice

El túnel y el tren 1

El cambio 3

La cantina atrás de catedral 7

El mejor jugador de pool del mundo 11

El camino del viejo 13

Morí tres veces 15

El atolladero 19

Tiro Fijo 23

Tiro Fijo en Venezuela 27

La ciudad oscura 29

Cazademonios 33

El muertero 37

El regreso 40

Maribel del Carmen 42

Bertoldo Rodríguez 46

Juana 49

Pancho Villa ocupa Parral 55

Siete Leguas 57

El Sueco 59

Pedro Rudko (Sí hay lobos en Siberia) 61

Poemas

Sombras 66

Anacapa 67

Nostalgias 68

Quietud 69

California 70

Noche 72

Noche II 73

Olga 74

Madre (A mi madre Carmelita) 75

Sobre el autor 77

EL ATOLLADERO

El túnel y el tren

MORÍA EL AÑO 2020. Aproveché para tomar el tren que me llevaría al estado de Oregón, Estados Unidos, a visitar a mi hijo. Por la zozobra de ver acercarse la Navidad, tuve que apurarme para regresar a California, no sin antes visitar aquellos lugares que más me gustan: el Casino, el *Blue Boy*, los mejores bares y los lugares conocidos por las buenas hamburguesas.

De regreso en el tren pasamos por un túnel. Fueron como diez o trece minutos; en verdad no recuerdo el tiempo exacto del recorrido. Cuando pasamos al otro lado, el tren se detuvo por una hora. En consecuencia, decidí entonces bajar a ponerme a tono con el aire descontaminado que bajaba indiferente de las montañas. Uno de los empleados sentenció tener que pernoctar en ese lugar, porque a unas millas más adelante los rieles se encontraban atrofiados. Al bajar, me sentí atrapado en una ciudad sombría. Algo que me dio por llamarle una "ciudad metálica". Caminé por esa ciudad llena de páneles solares. La gente me miraba con rareza. Un hombre de edad mediana apareció cerca de mí.

—Soy de Oxnard —respondí a su pregunta.

—Qué extraño —respondió él, expectante—, esa ciudad ya no existe. Hará unos cien años fue destruida. Creo que fue en el año 2170. ¿En qué año están ustedes? —preguntó igual de expectante.

—En el 2270 —respondí con naturalidad.

—Eso no es posible —objetó. Yo no sé de dónde viene usted, pero necesita venir a la comisaría donde yo soy la autoridad y el juez de letras. Le voy a contar una historia; por lo que veo, como que acaba usted de despertar de un largo sueño… Hará como más de ciento treinta años el mundo estaba lleno de basura; siete billones de habitantes; las cárceles estaban llenas de pelafustanes; un Gobierno Universal se deshizo de todos los prisioneros del mundo. Las personas que vivían de ayuda pública fueron desaparecidas. El billón que vivía bajo pobreza extrema en la India también fueron víctimas de un exterminio premeditado. El mismo Gobierno desapareció una de las cuatro razas del mundo que nada producía. Hoy en día, los cuadripléjicos caminan: se les reemplazó la vieja espina dorsal por una nueva. En algunas ocasiones la vieja espina dorsal era reparada. Ahora resulta común el trasplante de cerebro y contamos con menos de un billón de personas en el mundo. Tres cuartas partes de la raza humana en África, se esfumaron; y los animales empezaron a vivir desde México hasta Argentina. Era gente que no producía: de los cárteles de drogas y políticos corruptos. Tras su desaparición, un cuarto de la población vive más feliz. Sólo se trabaja tres horas diarias. Se puede viajar por debajo del mar en dos horas y media de Nueva York a Madrid en un tren bala supersónico.

Con la plática de aquel enigmático personaje me quedé dormido, hasta que una voz impositiva me regresó a la realidad: «*¡Oxnard, California! Arribaremos en dos minutos*». Al despertar creí que había tenido un sueño con matices de ciencia ficción pues estaba de vuelta en el año 2020. Lo menos creíble fue una tarjeta postal que, sin yo saberlo, portaba en una bolsa de mi abrigo; mostraba la imagen de una ciudad atiborrada de edificaciones burdas por su arquitectura metálica, distorsionada, y la fecha impresa en la tarjeta era del año 2270.

El cambio

AMANECÍA EN ARIZONA, el sol era implacable para los viajeros que iban de una ciudad a otra. Se les recomendaba llevar agua, pues si un auto se queda averiado en la carretera, mientras llega alguien a auxiliar, se puede perecer por el sol arrollador.

Un grupo de personas había cruzado la frontera ilegalmente hacía tres días. Se quedaron esperando a los "coyotes" que los habían dejado en una zona peligrosa. Este grupo de catorce hombres se había internado a los Estados Unidos procedente de México. Los "coyotes", esos individuos facinerosos que por una alta suma de dinero te conducen por el desierto hasta llevarte a una parte segura, cobraron su dinero y, con la excusa de ir por agua, dejaron atrás su cargamento humano.

Dos hermanos que eran parte del grupo empezaron a pelear.

—Ya no nos queda más agua.

—Tú te la tomaste.

—¡No! Fuiste tú.

El hermano mayor le propinó dos golpes al menor, tumbándolo en la candente arena.

—Levántate y pelea desgraciado.

El más chico agarró arena en sus manos y se la aventó en la cara, cegándolo momentáneamente. Aprovechándose de eso le metió una patada en el estómago, haciendo que se retorciera de dolor. Entre la gente que miraba la pelea, un tuerto de aspecto temible le aventó un verduguillo, una navaja filosa con la hoja larga que brillaba al reflejo del sol.

—Mata a ese desgraciado, córtale el pescuezo.

Toribio, el hermano menor, miró al tuerto, agarró la navaja y la tiró con todas sus fuerzas hacia uno de los matorrales.

—A ti te debía matar, tuerto del demonio. Levántese carnal, discúlpeme, se me fue la mano —decía Toribio mientras levantaba a Matías.

—No te agüites, carnal, qué buena patada me diste, me sacaste bien gacho el aire.

—Usted es mi hermano mayor y le debo respeto —dijo Toribio.

—Ya córtale carnal, vamos allá a la sombra de ese saguaro a esperar al par de perros que nos robaron la feria.

Todos se quedaron dormidos, sin comer, sedientos, y perdidos. La arena del desierto, convertida en viento de muerte, acechaba.

✳ ✳ ✳

Toribio despertó en un templo fresco con quietud. Lo primero que vio fue una fuente con agua cristalina que a lo lejos se veía azul. Recordó a su padre, con quien después de terminar la labor, los dos tirados de panza, tomaban agua de un arroyo de aguas cantarinas.

«M'ijo, haga a un lado las hojitas y pichicuates, meta toda su cara dentro del agua y beba todo lo necesario».

En el templo, Toribio tomó agua de la fuente hasta saciarse. En ese templo de estatuas y columnas gigantescas, calculó que una docena de hombres tomados de las manos apenas podrían darle la vuelta a una de las columnas hercúleas. Eran cientos de columnas dóricas que sostenían el techo de un templo que ni en varios días se le podría dar la vuelta, ni siquiera encontrar la salida. Ahí se puso a esperar sentado a ver qué pasaba. Después de unas horas se incorporó y decidió caminar, no quería perder el agua de vista. Cuando parecía que la fuente desaparecía a lo lejos, él se regresaba.

Después de varios días se sentó a descansar cuando en la distancia vio que alguien venía, era un individuo que se dedicaba a la limpieza.

Eh, yo te conozco a ti, tú eres el tuerto del desierto de la montaña Windmill en Arizona.

—Yo no te conozco, sólo sé que yo limpio este templo y para terminar de limpiarlo por completo, voy a tardar toda mi vida.

—¿Qué haces ahí sentado?

—¿Yo? Yo ando buscando mi destino.

—El destino no se busca, se hace.

—¿Cómo llegué yo aquí? ¿Y cómo llegaste tú aquí?

—Eso nadie lo sabe, yo he estado vagando aquí por siglos.

—¿Cómo te llamas?

—No tengo nombre, a mí me encontraron en la basura. Después de hacer mucha maldad por el mundo llegué a este lugar a hacer mi penitencia. Si me viste en un desierto no era yo, sólo mi alma que a veces navega triste, meditabunda, y mi voz sólo la conoce la noche, chocando de roca en roca hasta perderse en el infinito, para regresar y hacerse maldad. Aquí, solo en el templo, no tengo hambre, penas, ni sed; sólo pienso en regresar por donde vine. Un día soñé que alguien vendría y cambiaríamos de lugar. Te propongo algo muchacho, tú tomas mi escoba y demás cosas de limpieza y me pides cualquier favor, y yo me voy y tú te quedas.

—¿Cómo sabemos que esto va a funcionar?

—Esto ya está escrito.

—Muy bien —dijo Toribio—, de esa fuente llévale agua a mi hermano, pero no sé si aún esté con vida.

—No te preocupes, aquí un segundo son mil años y mil años un segundo, de seguro tu hermano vive.

El tuerto regresó al desierto de Arizona a llevarle agua a Matías. Matías desaforadamente tomaba agua, después trataba de despertar a su hermano Toribio, que se había quedado dormido para siempre. El llanto de Matías convertido en grito se escuchaba por todo el desierto:

—¡Carnal, no me dejes solo, por favor! Mi carnalito del alma, ¡no me dejes!

La televisión dio las noticias de la tarde: «Encuentran a catorce indocumentados, sólo dos sobreviven». Las imágenes mostraban las caras de Matías y del tuerto en televisión cuando eran transportados al hospital.

En una zona muy lejana, Toribio limpiaba una gran estatua de mármol.

—Ojalá que mi carnal esté bien y el tuerto no me haya fallado —se decía a sí mismo—, aunque aquí me pase toda mi vida. Espero que no se haya muerto de deshidratación, aunque aquí me quede refundido en esta celda inmensa del tamaño del mundo, para toda la vida.

Verduguillo: Estoque corto y muy delgado; se usa para descabellar toros.
Pichicuate: Regionalismo dado a los renacuajos en Chihuahua, México. (En otras regiones se refiere a cierta víbora venenosa, según el Diccionario Breve de Mexicanismos).

La cantina atrás de catedral

SIEMPRE QUE VOY a visitar los casinos de Ciudad Juárez, Chihuahua, me hospedo en un hotel céntrico. Ahí permanezco unos días antes de ir a unas conferencias en el sur del país. Una noche, cuando el insomnio se aprovechaba de mi bajo nivel de melatonina, salí del hotel para pelearme con el desvelo. En esa ciudad hostil todos eran víctimas y a la vez victimarios. De las sombras de un callejón, tres individuos me seguían sin percatarse de la presencia de algunos agentes de protección. Yo iba casi corriendo. Atrás de catedral vi una cantina-salón de pool con las luces prendidas; me adentré con un poco de miedo. En el centro del lugar estaba un hombre gordo, pelón, de tez morena. Me saludó con una apreciación alentadora:

—Aquí estarás a salvo —me dijo.

—¿Cómo lo sabes? —le pregunté intrigado.

Me contestó con otra pregunta:

—¿Ves el monitor frente a ti? Ahí están los tres que te seguían, agazapados. —¿Quieres jugar pool? —me volvió a preguntar.

—Claro —le respondí.

—Sabía que ibas a decir sí —reafirmó.

—Sé medir a la gente en unos segundos —le advertí—, contigo es mejor jugar cartas. —¿Ves ese cuarto al fondo? —continué—, ahí necesitan un jugador, tienen una silla desocupada.

—Gracias.

—En las noches se puede jugar, el juego se llama póker.

Empezamos con quinientos. Se frotó la cartera con diez mil dólares americanos. Muy bien, aquí están mis quinientos y cinco mil más —dijo desafiante.

Antes de ver las cartas le dieron dos reyes y tres de dos.

—Necesito tres cartas y van mil más —volvió a arreciar.

Toda la noche estuvimos jugando sin la noción del tiempo. Habían pasado tres días con sus noches. Resultó extraño que nunca vi la cara de los jugadores.

—Caballeros, me retiro —sentencié—, recojo mi dinero porque quiero irme al hotel a refrescarme. Mañana le seguimos.

El Pelón encargado me dijo:

—Ya mandamos traer tu ropa y maleta del hotel.

—Pero...

Quédate aquí unos días y mañana después de descansar continúas la partida. Sube la escalera hasta la última habitación, una buena cama te espera.

En la mañana me percaté de haber dormido por dos días seguidos. Una mujer con el rostro cubierto se me acercó para informarme que mi desayuno estaba servido en la planta baja. Todo estaba perfecto, a excepción del desayuno, que siempre venía con riñones. ¿Por qué?

Diferentes personas interactuaban en la mesa donde jugábamos cartas. Gente nueva.

—¿Qué pasó con la gente de la semana pasada? —pregunté.

—A los perdedores los hacemos humo.

Nadie dijo nada, yo seguía jugando. Al tercer día me retiré a dormir y sin querer entré a otra habitación y vi como veinte o treinta tarros cubiertos con pequeñas telas. ¡Qué extraño!

Al salir, la mujer me esperaba.

—Ese no es su cuarto.

—Disculpe, ¿qué significan esos tarros?

—Ahí están las almas de los perdedores.

—Y la débil tela, ¿qué es?

—Para que no se escapen. Las almas son nobles; si usted les dice quédate ahí, ahí se quedan.

—¿Qué estoy haciendo yo aquí? —pregunté.

—Usted, hasta que no gane todo se va, y si pierde, va a apostar su alma y aquí se quedará.

—Yo aposté mi libertad y aquí estoy.

Seguí ganando exorbitantes cantidades de dinero hasta que un día les dije:

—Todo o nada... —y perdí cerca de setecientos cincuenta millones de pesos.

El Pelón me dijo:

—Tu alma por todo; el local y el dinero.

Yo, a sabiendas de que iba a perder, dije:

—Gracias, no, me voy peor de lo que llegué.

Una puerta se abrió y apareció una clara y fresca mañana. Me dirigí al hotel. Al ir caminando más de dos cuadras, olvidé la ubicación del hotel y al regresar, me encontré con que la cantina, la puerta, ¡todo había desaparecido! Me detuve en El Madrid, un restaurante donde mi tío Poncho trabajaba en los años sesenta. Ahí, al verme en el espejo, me perturbó el color blanco de mis cabellos.

—Dios me dio una oportunidad más —me dije—, bendito su nombre.

El mejor jugador de pool del mundo

CORRÍA EL AÑO de mil novecientos treinta; o quizás el treinta y dos, no se sabe con seguridad. En los anales de la historia se decía que este personaje retaba a los mejores jugadores de pool en las principales capitales de Sudamérica hasta La Habana y Puerto Príncipe con una sustancial cantidad de dinero. Empezaba desde Buenos Aires y después Santiago de Chile. Comenzaba en otoño para no sentir los rigores de las bajas temperaturas. Se anunciaba en el diario *La Gaceta* de Valparaíso, o *El Mercurio* de Chile: *«Una noche, sólo prueba que eres el mejor. Apuestas de mil a cinco mil dólares»*.

Este personaje llamado Rudy era un jugador bien organizado. Un contador ya viejo pero con inteligencia aguda llamado Tom viajaba con él y dejaba amarradas las fechas con diferentes casinos. Usualmente, cada antro tenía de siete a diez jugadores de mil y cinco mil dólares, entre ellos dos hombres corpulentos. La gente decía que eran samoanos, pero en realidad uno era hawaiano. Cada mes recibían un diez por ciento de las ganancias más viáticos; el contador se llevaba el quince por ciento.

Después de quince años sin perder un juego, se presentó un hombre oscuro de tez sobria y personalidad recia. Rudy no sólo jugó unos treinta juegos pero al final perdió y esa fue su primera vez.

Los periódicos parecían gritar la derrota en sus columnas, pero después callaron porque el Catrín –llamado así por su atuendo–, nunca se presentó por su dinero; un dinero bien ganado. Después en Lima, los reporteros decían que todo era un juego publicitario. La realidad es que Rudy se sentía inseguro y hablaba con Tom.

—El año que entra lo buscas, pues quiero sacarme la espina. Yo soy el matemático de la mesa, mi geometría es perfecta. Sé, y con seguridad de milímetros, dónde la blanca va a parar y la hago retroceder a placer. Hasta el día de hoy, nadie me había puesto en ridículo después de más de doscientos cincuenta juegos ganados.

Se llegó el día que jugaría de nuevo contra el Catrín, pero en una ciudad al sur de Buenos Aires. No hubo publicidad; siete días con sus noches jugaron indiferentes a la noción del tiempo. La bolsa era de cinco mil dólares de aquel tiempo. Casi agotados, el Catrín algunas noches agarraba la batuta y otras veces Rudy.

Al morir la última noche del séptimo día, amanecía muy levemente. El Catrín tenía la ocho, la fatídica bola negra, ya para ganar, hundirla, terminar con Rudy, y quitarle fama y dinero. Se lanzó con furia, su único propósito: tocar la negra, sepultarla, ganar y cobrar. Pero la mano del destino no lo permitió; apenas pudo tocar la negra. El Catrín tomó el sombrero, se sacudió las manos embadurnadas de tiza y desapareció bajo los umbrales.

—¡Gané, gané! —gritaba Rudy.

—No ganaste —respondió Tom. —Cuando él no ganó, él era tu mentor. Te recogió de la calle cuando tenías siete años, te enseñó la forma de ganarte la vida de una manera fácil. No te percataste de que él vino a saludarte y de paso darte un jalón de oreja.

En Sudamérica empezaba a nevar cuando el equipo de Rudy tomaba el tren para viajar a Ecuador.

El camino del viejo

EN EL PRINCIPIO de un nuevo siglo, cambié mi estilo de vida: en vez de propietario me hice empleado de unos grandes almacenes. Una tarde antes de cerrar vi que un hombre entrado en años me esperaba.

—Me dijeron que usted posee el don de escuchar y que es paciente con los ancianos.

—Sí señor, en qué le puedo ayudar —le respondí.

—Necesito un sofá sencillo, cómodo, con una tela especial. ¿Lo tiene?

Después de veinte minutos encontramos un reclinable como lo pidió el señor. Sólo faltaba la tela correcta.

—Joven —me dijo—, esta es la tela perfecta, ahora le pido que me escuche. Hace tres meses, en una noche de invierno, después de dormir plácidamente, desperté en un camino donde había una gran verja blanca nada más del lado derecho. La reja se extendía por muchos kilómetros. Me dije, "Voy a llegar tarde al trabajo", pero por un momento todo era calma, no hacía frío ni calor. Caminé por muchas horas sin cansarme, hasta llegar a una puerta enorme. Estuve tocando por mucho tiempo. En realidad estaba desconcertado, sin sentir cansancio alguno. Me senté a esperar al estilo Kafka; estuve esperando por un día. Algo me hizo levantarme; vi una gran mano que apuntaba primero al horizonte y después a mí. Trataba de decirme que me devolviera. Me regresé un poco perplejo. Ahora, con el fin de estar cómodo, he buscado un sofá con la misma tela que vi en la otra vida. ¿En cuánto tiempo lo podrán entregar?

—De tres a cuatro semanas.

—Está bien, puedo esperar.

El reclinable lo entregamos. A los seis meses el anciano falleció.

Morí tres veces

VENGO DE UNA FAMILIA POBRE del norte de México. Por mi situación económica tan crucial, me tocó hacerla de minero, desde los dieciocho años. En mi pueblo no había otro modo de ganarse la vida; más que de cura, malandro o minero. Preferí lo tercero pues, las dos primeras iban en contra de mi naturaleza.

Yo no creo en presentimientos, pero por meses soñaba que viajaba en un taxi, que cruzaba un puente, y me regresaba enojado por no tener dinero para pagar el viaje.

Yo era un inadaptado, no me llevaba con nadie. Prefería trabajar de noche a veces en las entrañas de la tierra quebrando piedras para sacar el valioso mineral y traerlo a la superficie. En ocasiones cuidaba piletas rebosadas de agua para que no se desbordaran. No me quedaba otra que tolerar la inclemencia del frío que calaba hasta los huesos; y un candelillo que me quemaba hasta el alma.

Cada noche soñaba con la misma persona que me conducía en un taxi de un lado del río al otro. Nunca puedo ver su cara, no más siento el frío de su mano cuando le doy la moneda antes de llegar al otro lado. Antes de llegar a la orilla, el taxista me regresa a donde empecé.

Una noche, en las entrañas de la tierra, me mandaron a cerrar la llave del agua de un depósito. Me metí por un agujero de madera; apenas podía deslizarme. Serían como diez metros por arriba, por debajo y por los lados. Fuertes durmientes de ferrocarril resguardaban la caída de alguna roca o un posible derrumbe. Como pude llegué y cerré la llave, pero al regresar me quedé atorado, no podía regresarme y no quise que el terror se apoderara de mí. Intenté salir de reversa pero igual, no avanzaba. Mis gritos no eran escuchados por lo reducido del espacio, y peor aún, era viernes. Todos los compañeros de mi grupo se irían a casa y se olvidarían de mí. Tendría que esperar aquí hasta el lunes, apretujado como un ratón en una trampa planeada para mí.

Pasaron las horas. Me faltaba el oxígeno, transpiraba el sudor abundante por cada uno de mis poros. Todo se oscurecía a paso lento, angustiante, como si las sombras avanzaran aletargadas por el peso de su propia bruma. El enclaustro aterrador se apoderaba de mí. Me fui reculando poco a poco, sin saber si era de mañana o noche hasta que salí, y no sé por qué fui a dar a la sacristía de una iglesia. No recuerdo que en la mina existieran recintos religiosos. Salí justo donde reparaban figuras religiosas. Me encontré con una treintena de ángeles rosados con ojos reales, vivos. Algunas de ellas eran de santos. Parecían seguirme con la mirada. Las toqué, eran como de yeso o de alabastro. Las dejé a todas allí en ese extraño cuarto y me asomé a otra habitación; en ella estaba mi abuelita, sentada en su cama, vestida de blanco con su cabello cano y abundante.

—¿Ya llegaste de trabajar hijo?

—Sí abuelita.

—Tráigame agua de la destiladera.

Fui a traerle agua con una taza sin agarradera; casi rasgué el fondo para no traerle poca agua.

—Vaya y cene antes de irse a dormir.

Comí un poco de carne con pan y café, lo que comía los fines de semana.

—Abuelita «Ala» —como le decía con cariño (su nombre era Manuela)—, hace mucho tiempo moriste, ¿por qué estás aquí?

—No lo sé, mejor ya váyase a dormir y ponga todo en orden.

—Abuela, traigo mucho sentimiento, cánteme una canción.

—«*De las flores de mi jardín llenas de tristeza y de dolor…* —mi abuela cantaba—, *llenas de tristeza y de dolor, guardo yo para ti un jazmín y con él te doy mi amor, y con él te doy mi corazón…*».

Me acosté en esa cama con olor a limpio y a mucho amor. Me pregunté: "¿Dónde estoy?", y quedé sumido entre la ilusión y el sueño. Me fui viajando a otras tierras donde la ilusión nace. Llegué de donde vine, me vi cuando no era nada ni nadie, ni tenía nombre, no era ni siquiera un sueño; pero no me veía. Estuve sentado en la banca de un parque. Allí estaba ella cerca de mí, sentí su rostro, su sonrisa encantadora. "¿Por qué no dices nada?"

Ella sonreía con una mirada bella, perdida en la distancia. Comprendí que estaba muerta, sus manos gélidas me lo decían, y su ropa nueva recién comprada donde visten a los que pasan a mejor vida. Me levanté, dejé ese amor de mi juventud. Las hojas del parque eran negras, y un pequeño vendaval azotaba el parque. Me entró tristeza de estar solo. No encontraba a nadie, estaba solo, inmensamente solo, perdido en el camino de la vida.

Llegué hasta donde todo parte; llegué a mi pueblo. Me fui caminando en mitad de la niebla. Llegué a la calle Alfareña, a las casas de mi infancia, con pretiles rajados, calles con niebla, todo lleno de oscuridad. Llegué a mi humilde casa; me sentí un intruso. Vi una estufa de leña con el fuego que casi se estaba muriendo. Mis hermanos, Javier y Víctor, están dormidos; pero yo no estoy ahí. Mi madre se despierta.

—Hijo, ¿qué estás haciendo aquí?

—No lo sé mamá, estoy perdido. Se me perdió todo. Fui al cine para distraerme y no encontré nada. Ni pueblo ni cine. Pura niebla. Mamá estoy solo, no encuentro a nadie, ¿qué hago?

—Mi hijo, venga para darle su bendición. Usted está perdido pero yo soy su mamá, en la vida y en el más allá. Vaya busque a alguien que le indique el camino.

Esto era incomprensible, me fui dormido en un viaje a lo infinito. Cuando desperté estaba en una mesa metálica. Unos tipos me miraban como si yo fuera un extraño, tal vez por estar en un refrigerador muy reducido. Yo sentía que ahí me iba a asfixiar. Por los lados varias personas me hablaban.

—¡Ey, tú!, ¿Estás ahí? ¡No te hagas, sabemos que estás ahí!

—¡Méndigo, aquí ya no eres nadie, eres una escoria humana! Parte de ti ya quedó en la licuadora.

—¿Quién eres?

Me entró mucho miedo. Al otro día estaba en esa caja de color metálico. Desde ahí escuchaba voces.

—¡Responde!

—Este infeliz vino todo nervioso a comprar uno de esos estuches y al medírselo, según él, se quedó atorado. Pero la caja por dentro no tenía cerrojo. Lo que lo mató fue el miedo, ¡pobre infeliz!

Yo escuchaba todo pero ya era demasiado tarde. Ya estaba del otro lado del monte, y ya le había pagado al taxista por llevarme al otro lado del puente.

El atolladero

LAS **VENTANAS DE MI CASA** se fueron cerrando una a una. Ya no tenía ganas de levantarme de la cama. Pensaba en muchas cosas. A veces, cuando quería llenarme de vida —pues pensaba que se me iba escapando—, veía que las ventanas estaban llenas de ladrillos y mezcla. Comprendí que yo ya no existía en este mundo.

Un día, salí a mi jardín y vi que alguien enfrente de mi casa había erguido una barda alta e inmensa, larga hasta donde la vista alcanzase. Me puse a pensar cómo no me había percatado que cientos de obreros edificaran esta *monstredumbre* de muralla.

Fui a buscar a mi perro y no con mucho gusto quiso seguirme. Salimos a seguir esa barda de diez metros de alto más o menos y miles de kilómetros para el norte y el sur. Me fui siguiendo el camino. Cuando pasamos un puente mi perro ladró, refunfuñó, no quiso seguirme y se quedó atrás. Me despedí de él y lo dejé para siempre.

Al tercer día me encontré mucha gente extraña en el camino. Mi abuelo paterno estaba a un lado de una vereda tatemando unas codornices.

—Abuelito Ofo —así le decía porque de niño no podía decir Rodolfo—, ¿Qué está haciendo?

—Aquí, nada mi hijo, nomás esperando que se acabe el mundo.

—Pero abue, usted hace mucho tiempo que pasó a mejor vida.

—Usted también, mi hijo. Pero usted hace poquito y no se ha dado cuenta.

—Yo no abuelo.

—Así decimos todos, hasta que nos acostumbramos al no tiempo, a las no reglas, al no comer con sabor. Aquí tengo como seis meses en tiempo mortal porque alguien me dijo que usted venía. Doña Juana se adelantó, disque iba a buscar a su hermana Ceferina, vaya usted a saber.

—¿Pero quién le dijo que yo venía?

—Un gabacho que vivía cerca de usted.

—Pero abue, usted no habla inglés.

—En este lado no se necesita saber nada. Mire, ¿ve a esos bandidos? —se refería a una banda de forajidos que estaban detrás de un árbol—, ahí tienen meses esperando a sus víctimas sin saber que ellas ya no existen y no los pueden ver. Hablan entre ellos y sus trajes de chinacos son del siglo XIX o del siglo XVIII. Usted no se preocupe, yo lo voy a ayudar a buscar su clan o su camada o como quiera llamarle. Lo más duro es cuando uno llega aquí y no hay nadie que lo espera. Andan esas pobres almas en pena sin nadie que les indique el camino. Usted algún día va a tener que esperar a sus hijos, y yo me iré a buscar a mi hermanita María, a la que cuidé mucho, porque nació con la mitad del espíritu. No se ponga triste, su mamá y papá están de aquel lado de esa huerta. ¿No escucha sus risas? Todavía todo aquí está poblado por gente buena. Uno que otro se cuela, uno que otro tonto de capirote se resbala. Pero como nadie los espera, nomás se la pasan simulando que hacían lo que hacían antes. Robando, mintiendo, asesinando, y lo malo de estos perritos que algunas veces lo hacen en el nombre del Creador.

—Abue, ya estoy cansado y creo tener hambre.

—Cómase una codorniz.

—Pero abue, esto sabe a cartón.

—Ya se irá acostumbrando. Mire, vamos caminando hasta llegar a esa huerta, de aquel lado está el camino del mal, nosotros caminemos por aquí. Aquí lo dejo a usted, no se preocupe, me tengo que regresar. ¿Ve esas bayas? Llévele a sus padres unas dos porque no es costumbre llegar con las manos vacías.

—Pero papi Ofo, no quisiera perderme.

—No se preocupe, el corazón siempre indica el rumbo, de aquí guíese con su guía de oro, un compás infalible.

Abracé a mi abuelo y le dije: —Abue, yo sé que usted murió de tristeza cuando lo pusieron sus familiares en ese asilo de ancianos después que usted los alimentó toda una vida, y cuando le llegó la edad.

—Mi hijo, eso ya está olvidado, para todo hay perdón, siga ese rumbo y encontrará a sus padres. Yo después lo sigo, tengo que buscar a mi hermanita María y a Doña Juana.

Me fui caminando triste, recogí una baya, puse unas manzanas en un papel de estraza y seguí un camino donde todo estaba alumbrado sin haber sol.

Tiro Fijo

TIRO FIJO SUFRÍA DE UNA GRAN DEPRESIÓN por haber perdido a su único hijo en un accidente en Suramérica. Se culpaba en parte por no haber pasado períodos de su vida con él, pero como era buscador de asesinos tuvo que abandonar a su familia por largas temporadas.

Una tarde estuvo tomando hasta la inconsciencia. Allí lo encontró el encargado del hotel, quien lo llevó al hospital, pues su pulso se escuchaba levemente. En el camino al hospital se despertó en una ciudad desolada, y se encontró a un paquistaní asesino.

El paquistaní presumió haber matado a más de cien niños y de que lo habían mandado a ese lugar mientras que su suerte se decidiera. Tiro Fijo le preguntó que dónde estaban. El tipo le comentó que no era el purgatorio, ni el infierno, ni el cielo, no; era un lugar espantoso donde todos los días eran asesinados, y al día siguiente volvían a revivir. Era mejor buscar un lugar seguro para no dejar a las hordas de demonios de un metro de estatura que los siguieran torturando por tiempo indefinido. Antes de desaparecer, el paquistaní le indicó que se buscara un edificio seguro.

—Tapa todas las entradas y así podrás sobrevivir un tiempo.

Tiro Fijo le preguntó la razón por la que estaba ahí. No hubo ninguna respuesta. Él decía: —Yo soy un halcón al servicio de Su Majestad.

Al voltear la vista se dio cuenta de que el extraño personaje había desaparecido. Tiro Fijo estaba solo en una ciudad donde la luz del sol era una cosa del pasado. En un instante, a lo lejos, vio una nube que se movía en el suelo. Eran como veinte mil demonios, traían como doscientos individuos amarrados y en un santiamén los empezaron a devorar. Algunos lograron escapar y se escondieron donde pudieron; uno de ellos fue hacia Tiro Fijo y le suplicó que lo escondiera.

—Yo no quise suicidarme, se me pasaron las líneas y aquí estoy en este infierno.

Tiro Fijo se plantó enfrente de ese ejército de Satán.

—¡Deténganse demonios malditos! No abusen de su poder, seres infernales.

Todos quedaron desconcertados, no comprendían lo que pasaba, cómo ese individuo no tenía miedo. De sus fundas sacó dos pistolas automáticas y tumbó como veinte enanos malditos; y cerca de treinta condenados a morir se pusieron detrás de él. Los seres demoníacos se hicieron a un lado. Aparte de su valor, tenía algo divino que ni él mismo comprendía.

Se llevó a los condenados a morir, les indicó un edificio desolado como de cien pisos.

—Aquí nos vamos a hacer fuertes, tapen todas las entradas con trancas, muebles y tengan mucha fe, porque estos van a regresar mañana.

Todos lo miraban con respeto, miedo y vergüenza.

Les gritó: —¡Está bien! Está bien que tengan miedo y respeto, lo acepto, pero vergüenza ¿por qué?

Todos bajaron la cabeza, sólo uno habló.

—Somos suicidas, todos hemos ofendido al Altísimo, menos tú; aún no sabemos la razón por la que estás aquí.

Decían que Tiro Fijo no se había suicidado directamente, que era un error, y que por eso debería ser perdonado. Otros decían que blasfemar en contra del Creador y quitarse la vida no merecía perdón. Sólo el Arcángel San Miguel abogaba por él: —Este servidor de la humanidad debe tener absolución, eso no fue un suicidio sino un error; llevaré mi plegaria a nuestro más alto ser divino, al que puede perdonar cualquier falta, y si consigo el perdón, yo mismo bajaré a los ocultos infiernos con mi espada luminosa para rescatarlo.

Mientras tanto, Tiro Fijo observaba desde lo alto del edificio. Varias nubes de desalmados se acercaban para introducirse, no por el primer piso, sino por el tercero y el cuarto. Así empezaba el terror. Mandó bloquear todas las entradas desde el décimo piso hacia abajo, pero se dio cuenta que su ejército de suicidas eran todos cobardes, que preferían ayudar a los demonios para ver si así eran perdonados.

—¡Cobardes, fracasados; no tengan miedo! Ustedes están aquí porque el miedo los venció, los arrinconó. Ahora es el momento para que obtengamos perdón y la paz eterna.

Ya era demasiado tarde. Cerca de mil enanos sádicos se habían internado en el edificio de la vida. Tiro Fijo agotó sus balas en más de setenta demonios, lo único que le quedaba era su sable de cosaco que, según una leyenda, tenía metal de la lanza del centurión romano que había herido el costado del Nazareno. Nomás empuñaba su espada y los satánicos huían gimiendo. Lo peor del caso era que todos los suicidas lo habían abandonado y se habían unido a las huestes malditas, excepto dos jóvenes que luchaban a bayoneta calada con dos viejos fusiles de la Primera Guerra Mundial. Tiro Fijo estaba en una bodega con la espalda hacia la pared.

—¡*Vade retro*, Satanás! —les gritaba en latín para deshacerse del demonio.

Cansado, lleno de putrefacción que era la sangre de los demonios, estaba siendo cercado poco a poco por esa plaga infernal. Entonces les dijo a los jóvenes: —¡Hínquense! Imploren al Altísimo perdón, que es nuestra última esperanza.

—Imploramos el perdón, Tú que diste visión al ciego y alimentaste a las multitudes, danos la compasión.

En esos momentos, del centro del edificio, y desde la parte del cielo, un rayo luminoso cayó en el piso del inmueble. De allí bajó, llegó o apareció, un hombre hermoso con una espada de brillo plateada que cegaba la visión. Vestido como un antiguo soldado romano, su cabello rubio ensortijado se movía al mismo tiempo que su espada destrozaba demonios, que huían gritando obscenidades.

El ángel, según Tiro Fijo supuso, era el Arcángel San Miguel, el único que destruía demonios. San Miguel hablaba en latín, en griego y en español antiguo. Les indicó que se pusieran detrás de él para protegerlos y les dijo: —Su fe los ha salvado, y se les ha dado otra oportunidad.

En ese momento, Tiro Fijo despertaba en un hospital, después de que le habían hecho un lavado de estómago.

—Doctor, ¿por qué tardaron tanto en revivirme?

El doctor replicó: —No, señor Tiro Fijo, sólo fueron unas horas, y usted nunca estuvo muerto. Miguel Martínez, el encargado del hotel, siempre estuvo con usted.

—¿Dónde está él para darle las gracias?

Del encargado del hotel nunca se supo nada, ni de los dos jóvenes de su pesadilla.

Después de muchos años, en un documental, Tiro Fijo vio a dos jóvenes que ayudaban a la Madre Teresa de Calcuta; eran los dos jóvenes que fueron perdonados por su fe. Trabajaban en un leprosario y lo hacían nada más por la comida, y para mostrar su gratitud al Creador.

Tiro Fijo en Venezuela

GUSTAVO TRABAJABA EN EL HOSPITAL general de Caracas. Era de origen Alemán. Cuando él nació, una adivina le pronosticó a su madre que, de todos los bebés que fueron dados a luz durante ese mes en ese hospital pediátrico, él sería el único que sobreviviría. Poco después, diecisiete infantes contrajeron una bacteria y perecieron; sólo él sobrevivió. Le extirparon el mal, pero parte de él se le quedó en la cara, ya que la mitad de su rostro estaba desfigurado.

De noche, Gustavo también trabajaba en la morgue del mismo hospital. No era nada placentero, pues todos los que trabajaban allí eran sociópatas. Los cuerpos eran golpeados o mutilados por los empleados del hospital. Pero cuando Tiro Fijo, el policía asesino de asesinos, llegaba, todo era calma. No se sabía si para bien o mal.

—Muchachitos —decía el oficial de piel morena y cabello castaño ensortijado—, cuando les traiga un cliente, me lo respetan. No lo quiero más estropeado de lo que lo dejé. Tiro Fijo, con su escuadra, les daba un tiro en la frente y nunca encontraban la nuca.

Desde que su madre había sido asesinada por unos delincuentes, el único interés de Tiro Fijo era el ser jefe de la comandancia a la que pertenecía y matar a tantos malhechores como pudiera (llevaba veintisiete en su haber). Gustavo me contaba esa historia mientras tomábamos aguardiente.

—En Caracas, el índice de delincuencia cayó hasta el piso. Tiro Fijo era el vengador solitario. Había puesto un hasta aquí a la violencia. Se le temía y se le respetaba.

Gustavo me dijo que un día, Tiro Fijo fue a México a buscar a unos tratantes de blancas colombianos que además traficaban órganos de niños, y se perdió en un ejido.

Dicen las malas lenguas que le dieron un brebaje durante una pelea de gallos. Allí quedó por unos días con un gallo en la mano hasta que volvió en sí, sin dinero, sin pistola y enajenado. Paulatinamente, volvió a la realidad. Se perdió en las selvas de Chiapas sin acordarse al ciento por ciento de lo que era antes. Se convirtió en agricultor y nunca más se supo de él.

La ciudad oscura

LOS NIÑOS SEGUÍAN DESAPARECIENDO. Primero diez, después cien, y nadie sabía a dónde iban. Ya nadie hablaba de los tristes acontecimientos en Ciudad Juárez, México.

Decía la gente que el mundo se estaba reduciendo por los cambios climatológicos, pero la verdad era que un mundo sin niños era un mundo sin futuro. Los padres ya no los buscaban ni los extrañaban, "Será lo que Dios quiera".

Había una historia de ciudades al fondo de la tierra. Se decía que los niños eran enviados a edificar ciudades mitológicas. Sólo un detective llamado Tiro Fijo había llegado a investigar lo que ocurría. En Sudamérica, había asesinado diecisiete delincuentes en Venezuela con un tiro en la frente. En Colombia, cuarenta y nueve violadores con la misma gracia. En el sur, los asaltos declinaron por su presencia. En México, se hizo famoso por su astucia al capturar al Violador de Jalapa.

La historia, a grandes rasgos, sucedió en Jalapa, en el estado de Veracruz. Una chiquilla había sido ultrajada en un auto azul por un sujeto cubierto con un antifaz, quien en la mano izquierda el dedo anular lo había perdido. Tiro Fijo pasó retenes por toda la zona y calculó que tenía dos horas de atraso del sátrapa; encontraron el auto tirado cerca de una estación de trenes junto con el antifaz. Él personalmente lo fue a esperar al otro lado de la estación de trenes. Un profesor se bajaba con su sombrero y maletín, sudando nerviosamente de entre las cien personas que descendieron del tren. Tiro Fijo lo identificó.

—¡Deténganlo!

—¡Pero qué pasa, esto es una arbitrariedad!

—¡Quítese los guantes!

Y, precisamente, le faltaba un dedo de la mano izquierda. Tiro Fijo lo mandó ahogar en un pequeño arroyo.

—¡Piedad, es un error, y además la niña me provocó!

Su lema era, al asesino y al violador se debe ejecutar al instante, sin misericordia, y si hay un error, que Dios nos perdone.

Antonio Rodríguez, alias Tiro Fijo, se fue a buscar la civilización perdida en Ciudad Juárez. Fue a hacer sus preparativos para emprender el viaje al centro de la tierra. Pero al entrar a la oficina de correos se sintió algo extraño y mareado al tratar de salir. El mundo de unos minutos antes había desaparecido, ahora estaba en un mundo diferente lleno de sombras. Comprendió que había entrado en otra dimensión. Él estaba seguro que había encontrado la puerta a otra dimensión.

Llegó a una estación de tráileres. Por días caminó sin ver la luz, ni gente; sentía poca hambre y sed. Llegó a un estanquillo que en unos minutos estaba lleno de comensales, pues los había visto de lejos, pero al llegar, todos habían desaparecido, dejando sus comidas en las mesas. No se explicaba por qué no podía hablar con nadie. Esa noche durmió en el metro. Los trenes pasaban enfrente de él toda la noche, pero vacíos. Allí se dio cuenta a dónde se iban los niños perdidos, pero ¿por qué ellos? Por su alma inocente. "¿Será por eso, y yo, que soy un asesino, que estoy haciendo aquí? Aquí es donde recalan las almas buenas y nobles. ¿Dónde estoy?" Y de repente su hermano Xavier apareció a un lado.

—Hermano, ¿qué estás haciendo aquí?

—Vine a ayudarte en este momento de crisis.

—¿Dónde estoy?

—En un lugar maravilloso, disfrútalo.

—¿Dónde están los niños?

—No lo sé.

En ese momento su hermano desapareció y no lo volvió a ver. Jamás.

Fue a la escuela secundaria, donde habló con un anciano.

—¿Dónde estoy?

—Estás en otro mundo, con diferentes reglas.

—¿Pero estoy vivo?

—Apenas en estos tres días que llevas aquí, en tu mundo llevas cuatro años en coma. Tuviste un ataque cerebral.

—¿Sobreviviré, regresaré?

—Nadie lo sabe. Sólo el Todopoderoso. Si quieres vivir depende de Él y de ti. Implórale a Él.

—Dios, Padre mío, quiero regresar a mi mundo, a mi mente y a mi cuerpo.

Esa tarde fue regresado de cuidados intensivos a una cama de la sala de recuperación.

—Está usted fuera de peligro. En unos días se regresa a su casa. Su cerebro estuvo descansando y no sufrió daño alguno.

En su mente, Tiro Fijo meditaba: "A veces me sueño en una ciudad oscura sin sol, ni amaneceres, sólo sombras. Camino por entre estacionamientos de miles de autos viejos. Un niño a veces me sigue con su carita de ángel. Se acerca mucho a mí, pues busca mi protección. En mi sueño me pongo a dormir en el quicio de una puerta y me despierto con el pequeño angelito en mis brazos. Yo lo quiero dejar, pero me doy cuenta que en la ciudad nos han abandonado. El frío nos cala y el niño despierta, me sonríe y me ofrece un mendrugo de pan. Con el tiempo me doy cuenta que ese niño soy yo, que lo tengo que cuidar, que la ciudad oscura y el niño todos son parte mía".

Cazademonios

SIENTO QUE ME ESTOY AHOGANDO en un mar tibio. Pasa un hombre nadando con un solo brazo, atrapa un pez y de una mordida le arranca la cabeza. Me despierto, sudando en el mismo barco que nos lleva a una de las islas donde no se tiene retorno.

Los cocineros se rieron mostrando sus bocas sin dientes, producto del escorbuto. Los individuos que pasaban mucho tiempo en los barcos sin comer frutas o legumbres perdían los dientes. El capitán dijo a los viajeros: —Estos cocineros están tocados de la mente por estar mucho tiempo en la mar; si oyen rumores que ustedes no van a regresar recuerden que los cocineros ya nunca regresaron. A donde vamos quizás no se regrese, pero lo que hacemos es por vuestra patria.

Al llegar los barcos a unos doscientos metros de la costa, desembarcaron los botes, trajeron ochenta dragones de la Reina y con dificultad arrearon los caballos por las oscuras y frías aguas entre las sombras de la madrugada. Antes de que amaneciera, el capitán explotó con su voz: —El que se quede atrás o sin caballo se lo comen los demonios, ¡a galope hasta el fuerte de La Purísima!

Los soldados españoles se movieron con rapidez, como presintiendo el fin. En el camino se oyó por la jungla una gritería de seres no humanos.

El capitán aminoró el paso y trató de calmar a los soldados: —Carguen sus pistolas y arcabuces y disparen hacia los árboles cuando yo lo indique… —¡Ahora!— Ni los disparos pudieron acallar los gritos. —¡A galope! No paren hasta que yo lo diga.

Llegaron a las doce al fuerte donde cien soldados, pálidos como que tenían varios años sin dormir, los esperaban.

—¿Qué es lo que ocurre? Todos ustedes tienen cara de miedo.

Uno de los soldados contestó: —A la noche se darán cuenta de la realidad.

Las sombras de la noche se asomaron sobre el fuerte que estaba cubierto con una inmensa malla de acero para que nadie entrara o saliera. Cuando todo se hizo oscuro pareció que la jungla se hizo parte del fuerte; cientos de demonios escalarían la fortaleza, y centenares de disparos se oyeron. Pero estos hijos de Lucifer eran tan rápidos que evitaban ser heridos. Por suerte, algunas veces resultaban levemente heridos.

Cada noche era lo mismo, los seres infernales nunca desistían. Cuando se lograba romper la red metálica, uno se introducía y se robaba a uno de los soldados y no lo mataban luego. Lo alimentaban con líquidos hasta que su organismo se fermentara y explotara, y así se comían los animales que producía; los gritos del condenado ponían los pelos de punta.

Por las mañanas, indígenas traían los víveres a los soldados, pero me di cuenta de algo: ¿por qué los demonios no atacaban a los indios? Un día hablé con el capitán para que pidiera a los indios que nos ayudaran. Los indios no querían saber de eso porque ellos tenían un pacto. Una noche el capitán amarró a varios indios afuera del fuerte y en la mañana, cuál sería la sorpresa que los indios estaban vivos. La respuesta que dieron fue: —Nosotros no tenemos avaricia como ustedes. Nosotros tenemos a alguien que les puede ayudar. Por la tarde llegaron con un arquero ciego. Todos se rieron. El ciego le pidió a uno de los soldados que se pusiera una moneda en el corazón y, con una rapidez de águila, casi atraviesa el doblón con una de sus flechas. Le preguntaron cómo lo hizo.

—Mis oídos son mis ojos, oigo los latidos de tu corazón. Soy "el arquero divino". Esta noche yo les ayudaré con esta plaga de individuos infernales. Algún día se darán cuenta que ustedes son ellos y ellos son ustedes.

El arquero divino era un individuo insignificante de corta estatura, con un carcaj lleno de flechas y un arco de apariencia infantil. Se hizo tarde y apareció la noche rápidamente. Esa noche fue muy diferente. Ningún demonio se acercó por horas. El arquero les pidió que lo taparan con varias frazadas.

—Estos diablos ya me olieron y saben que aquí hay un individuo sin miedo.

En un santiamén, el techo se llenó de demonios. Con la rapidez de un gato, el arquero empezó a atravesar demonio tras demonio, y cuando perdieron como diez empezaron a recularse. El capitán ordenó acabar con esa plaga y fuimos hasta su guarida. El capitán me ordenó a mí: —Matías, vaya con el ciego adentro de la cueva y acabe con ellos.

Por dentro era una caverna de aspecto grotesco. Pero más adentro era una serie de palacios de belleza sin igual. No pude encontrar a ninguno. Habían huido por una serie de pasadizos secretos por debajo del mar. En uno de los salones suntuosos, encontré al arquero divino con una de sus flechas enterrada en su corazón. ¿Por qué se había suicidado?

Al caminar y tocar todos los objetos sentí una energía y una fuerza de mil rinocerontes. Sentí que mi pecho se extendía y mis brazos se sentían fuertes. Decidí salir de esas habitaciones. Cuando salí de la cueva, diez soldados me tiraron una red y me propinaron una tremenda golpiza.

—Aquí está uno al fin, atrapamos uno.

Traté de gritar, pero de mi boca sólo salieron sonidos guturales. Traté de decirles quién era yo, pero me golpearon y con mis manos maté a dos rompiéndoles el cuello, y después no supe de mí. Por una de las ventanas me di cuenta de que me llevaban a España lleno de cadenas y de estiércol. Mi vida era triste. Sentí que me habían estado narcotizando con brebajes.

En una celda me dejaron descansar y en la mañana doblé las rejas con facilidad y una docena de soldados y carceleros dieron cuenta de mis brazos, asesinándolos de la forma más fácil. Casi pude huir, pero cuatro frailes con cruces y un líquido que me quemaba las entrañas me tumbaron al suelo, y con un solo carcelero me encadenaron y me tiraron a un calabozo para condenarme por la Santa Inquisición. Ahí estaba ahora encerrado con gente que era torturada día a día por crímenes no cometidos. Los sacerdotes y obispos se divertían viéndome matar fieras y cristianos. Me di cuenta que el único lugar donde Dios no está es en la Iglesia Católica. Voy a estar encerrado en esta celda donde no hay escape por el resto de mis días, y dicen que un demonio puede durar mil años; que Dios tenga piedad de mí.

El muertero

ESTE PERSONAJE ERA UN TIPO MUY PECULIAR. Tenía una de las peores profesiones, pero al mismo tiempo él se sentía muy digno de servir a la sociedad de una forma afectuosa y servicial. Lucas Montero, el Muertero del pueblo, al que todo el mundo rehuía. Después de trabajar por la noche, paraba a tomar cerveza negra en una de las tabernas del lugar.

A nadie le gustaba sentarse a conversar con él por su fétido olor a cadáver y por su aburrida plática. Él era solo, vivía en la más absoluta soledad. Vivía una vida sórdida y aburrida. Los fines de semana alimentaba a su perrito, el único que le hacía compañía. Dormía en sus días libres como un asalariado.

Con el tiempo se fue dando cuenta que en su casa, de vez en cuando, se encontraba guadañas de las que se usan para segar el trigo, ropa usada por los campesinos y otros instrumentos de campo. Él no tenía explicación: "¿Quién es el que trae todos estos artefactos a mi casa cuando yo no estoy?" De noche soñaba con la vida campirana, un río, un puente, un ferrocarril y con una familia lejana de quien podía distinguir sus caras. Todo eso lo inquietaba por no poder comprenderlo.

El seguía con su extraña vida, una vida sin ideales, sin futuro. Un individuo más que podía haber sido un zapatero o un panadero, pero su futuro estaba trazado; era un oficial de asuntos forenses, vulgarmente, un muertero.

Un día se puso a dormir plácidamente, soñando con paisajes pastoriles y despertó en una pequeña población del campo. Se supuso que estaba en un sueño, pero cuando tuvo hambre y sed, se dio cuenta que ese sueño era muy real. En la estación ferroviaria, unos niños lo despertaron a la realidad.

—Papá, papá no te vayas, mi mamá se ha puesto mala.

—¡Pero yo no soy su papá! —y casi a rastras lo llevaron a una casucha donde una mujer estaba en un camastro.

—Querido, ¿qué haces con esa ropa tan elegante?

—No lo sé, parece que estoy perdiendo la razón.

—Papá, papá tenemos hambre, yo sé que tú no tienes dinero.

—Cómo que no, aquí tengo mil dólares.

—Juan, ¿de dónde has sacado ese dinero?

—Mi nombre no es Juan, es Lucas.

—¿Por qué te ausentas por tanto tiempo?

—Con este dinero vayan a comprar comida y traen al doctor.

Después de hablar con el doctor, este le dijo: —Mire Juan, sus historias son muy fantásticas. Lo único que no concuerda es por qué se ausenta cada tres meses y trae grandes cantidades de dinero. Una de estas noches se va a ir de nuevo, lo vamos a buscar por todas partes y de nuevo va a resultar en las estaciones de ferrocarril.

—Doctor, mi nombre es Lucas y en otra ciudad soy muertero.

—Mire Juan, usted no es esquizofrénico, pero su caso es muy interesante.

La noche trajo a la mañana y con ella la calma. Lucas despertó, pero en la ciudad, sin afeitarse, con un overol de campesino y sin dinero. Traía unas fotos de tres niños y una bella esposa.

—¡Tengo que ver a un buen doctor!

Su vida continuó ordinaria y sórdida, abriendo cadáveres y cobrando exorbitantes cantidades de dinero. A veces se despertaba con fotos de los tres niños, pero de más edad. Él decía para sus adentros: "Si fui a visitar a esos niños, espero haberles llevado dinero".

En ese pueblo él seguía siendo despreciado, nadie lo quería, sólo su perrito. Por las mañanas se levantaba a leer el periódico y a regar las plantas. Un día, se sintió mal y cayó muerto entre sus muertos. El entregador de ataúdes lo encontró tirado mientras, al mismo tiempo, alguien lo despertaba en la estación de ferrocarriles.

—Papá, papá te estábamos esperando, mamá te está esperando.

—Niños, en la última fotografía estaban ustedes más grandes.

—Papá, hace tres meses te fuiste.

—Niños, les prometo que ya no me voy a ausentar.

Cuando llegó, encontró una mansión y un gran negocio de pastura.

—¿De quién es esta propiedad?

—De nosotros, es con el dinero que nos has estado enviando.

—¿Yo? ¿Pero cómo?

Pensó: "Mejor no pregunto, aquí vamos a vivir felices".

El regreso

UNA TARDE REGRESANDO DEL JUEGO de pelota en mi coche preferido, entre las calles Hope y Life, en California, todo se borró. Lo último que vi fueron los letreros de las calles y amanecí en un gran árbol. Escuché gruñidos de un animal feroz y me subí al árbol trepando por las ramas. Tenía, más que miedo, terror.

Ahí me quedé afianzado al árbol por días, sin sentir sed ni hambre. Me preguntaba si estaba muerto. Oré al Creador por una respuesta. Una mañana descendí del árbol y mi carro favorito estaba esperándome. Ahí estuve en mi Cadillac.

Yo ya no pensaba en días sino en momentos. Entre mis oraciones pedí ver a mi perro y el Creador lo envió a los días; lo vi rasgar el vidrio del auto. Dejé entrar a mi perro y eso me dio quietud. Las noches las pasaba con angustia y apretaba más al Duque, mi perro, al que había perdido en mi juventud, y ahora, en mi edad dorada, regresaba a mí.

En un hospital unas enfermeras hablaban.

—Este señor que vino hace unas semanas cree que su almohada es su perro, y la aprieta con fervor y cariño. Dios ayude a los que pierden la cordura.

La noche caía en esa ciudad. Era diciembre y la nieve extendía su manto en Ventura, California. Mientras que los niños esperaban sus juguetes, un hombre en sus sueños subía y bajaba de un árbol y se escondía en la parte trasera de su auto.

Maribel del Carmen

TU NOMBRE ES UNA EVOCACIÓN con olor a río, a barro. Tu nombre es una canción. Mariquita se bajó cuando la carreta llegó a la 'y' griega; empezaba a caer la tarde.

—Gracias don Pantaleón.

—No es nada niña, apúrese que ya sus papás deben estar preocupados.

Caminó a casa. Pasó por la hacienda San Jacinto, ya convertida en ruinas. El ambiente vetusto y el olor a moho empedernido le trajeron recuerdos dolorosos de su hermana Severina. La abuela le había contado que en tiempos de la Revolución, Severina murió de tifus. Un virus endémico que por muchos años flageló a todos los pueblos de la región. Después de unos días de haberla sepultado, se le apareció en una de las caballerizas. Lucía un vestido negro y con un chal que le cubría la cabeza. Para ella ese no era lugar para caminar por la tarde y menos en la noche.

En otoño empezaba a golpear el norte con sus aires fríos y constantes. Pasó casi corriendo por el miedo paralizante que le causaba el chan, un animal mitológico que según las malas lenguas salía de las aguas para atacar a los mortales. Lo cierto era que por meses alguien la espiaba, la deseaba, atraído por esa belleza que enamoraba a los hombres desde sus dieciséis años.

Maribel pensaba: "Nomás llego al rancho y con un buen atole, me voy a sentir de lo más bien. De repente todo se me nubló, siento en mi cara el fresco del zacate, no sé qué me pasa. No tengo control de mis pies, no avanzo... La noche cubre con su sombra los árboles mustios, mi cuerpo está inerte, mis padres me esperan. Me parece soñar que estoy tirada, sin sentido. Siento mucho frío y la sensación de estar en el agua de la laguna. Si es así, no quiero mirar la lama verde pues de ahí puede salir el chan: es como una nutria de río. No puedo controlar las ganas de llorar. No sé cuánto tiempo tengo de estar así, mis padres deben estar preocupados. Siento que no me ahogo. Ojalá siga así para que mis padres no sufran. A veces veo a los pececitos con sus caritas tímidas y sus boquitas frías que me rodean y me besan por todas partes.

"Un día, después de mucho tiempo, me salí del agua y me fui a buscar mi casa; todo se llenó de niebla y no la pude encontrar. Me entró miedo y me regresé a la laguna; de nuevo me perdí. Llegué a la hacienda donde vi a la Severina que me tiraba piedras y me decía: '¡Maldita muerta! Vete a espantar a otro lugar, aquí es donde cumplo mi penitencia. ¿Qué no sabes? Felipe, mi cuñado, mató al tonto por robar manzanas y yo estoy en penitencia por él'.

"Me dio miedo ver su boca desdentada y me dije: yo no estoy muerta. Me senté en una piedra a llorar por mi confusión, estuve llorando parte de la noche, serían como las cuatro de la mañana. Ya la luna había cambiado de posición cuando don Pantaleón me habló".

—¡Niña, despiértese!

—Don Pantaleón, qué bueno que lo veo, tengo mucho miedo, lléveme a mi casa.

—Carmelita, no la puedo llevar para donde voy, sólo le puedo decir que sus padres la esperan allá más lejos de aquellos cerros donde el sol se muere por la tarde.

"A Don Pantaleón, el viejo cochero, antes de perderse en la bruma, se le vio a lo lejos con su sombrero raído espantando luciérnagas. Traté de buscarlo, mas mi búsqueda fue inútil. En la mañana el aire artero empezó a arreciar y me llevó como si yo fuera una brizna de tierra. ¿A dónde? Lo desconozco".

* * *

En la frontera, dentro de un bar de mala muerte, dos golfas intercambian conversaciones.

—¿Cómo te fue anoche, manita?

—Del cocol, no hubo clientes.

—Oye mana, estoy rete preocupada, por meses me sueño dentro de un lago ahogándome pero no me ahogo. ¿Qué será?

—Sepa, ya deja de pensar tonterías. Mira... allí llegaron unos pochitos, vamos a llegarles.

—Ya vas mi pantera.

El tiempo pasó y los sueños seguían presentándose. Ella aprovechaba su trabajo nocturno para fichar y emborracharse con los clientes. Pensaba que así, borracha, podía apaciguar su conciencia, pero los resultados no se daban, hasta que un taxista provinciano, que la escuchaba renegar la aconsejó.

—Mira chata, aunque hayas tratado todos los remedios, debes seguir buscando otra opción. Mi jefecito, que en paz descanse, decía que el toro se debe agarrar por los cuernos. ¿Dónde tienes esos sueños, en qué ciudad? —preguntó.

—En una laguna.

—¿Sí, pero de qué ciudad?

—Está cerca de la 'y' griega, a un lado de Santa Bárbara.

—Si no serás maje. Al sur del estado, allá está todo lo que buscas, pide una semana y te vas a quedar limpia de brujerías.

El taxista de Parras la conducía a la laguna.

—¿Está segura que usted no es de aquí?

—No. Ya se lo dije, soy del Paso del Norte.

—¡Ah! Ta' bien. Mire allí está su laguna. Nomás no se quede mucho pues de noche se escucha a una chiquilla llorar.

—Muy bien, gracias, no me quedaré mucho.

Caminó por lugares que le resultaban familiares y llegó a orillas del lago, y ahí fue donde el sentimiento le pegó fuerte. Allí se tiró entre la hierba y lloró por la miserable vida que llevaba, lloró porque se figuró que en otros tiempos su otra vida era más sencilla. Se imaginó verse como una chiquilla entristecida; sus piececitos apenas tocaban el piso, su carita redonda, rosada como una manzana, jugando a ser mujer. Su papá le había comprado un rebozo y un par de lindos huarachitos. Allí estuvo toda la tarde sin poder contener el llanto, hasta que se reencontró con el taxista.

—Niña Carmelita, ya se hizo de noche —le advirtió. El taxista la regresó a la realidad.

—No, señor, mi nombre es Olivia.

—Disculpe, mi papá, que en paz descanse, hablaba mucho de la niña del lago y usted se me figura a ella.

Nadie notó nada mientras el taxista la llevaba a la estación de autobuses. Olivia regresaba a su destino, reunificada y con una inmensa paz en el alma.

Bertoldo Rodríguez

EN LOS SETENTAS DE MIL OCHOCIENTOS, los indios Chiricahua al mando de Gerónimo raptaron a la abuela de mi abuela por parte paterna. La tuvieron cautiva por un año. Más tarde le contaría a mi abuelo las bestialidades que cometían: arrancaban cabelleras de gente viva, quienes se morían de dolor.

Mi bisabuela fue rescatada por soldados mexicanos después de tremenda batalla donde los indios sorprendían a los soldados con la certeza y fiereza de sus flechas. Aun los soldados teniendo rifles de repetición, no podían contener a la indiada, pero empezó a llover y los indios tuvieron que huir, pues las cuerdas de los arcos estaban hechas de tripas de animal, por lo que se hicieron flojas y destempladas por el agua. Mi bisabuela fue encontrada viva, vestida de india.

—Soy mexicana, no me hagan daño —había suplicado por su vida.

Los soldados acabaron con los sobrevivientes.

—Usted se queda —le ordenaron—, pues no la podemos cargar.

A ella le tocó sujetarse de los cinturones de dos soldados para llegar al estado de Durango, hasta un rancho polvoriento lleno de leyendas y hombres.

En el mil novecientos diez, Pancho Villa, con sus tropas, arrasó con las pocas pertenencias que tenían los habitantes de esas áreas. La familia, ya devastada por la pobreza, se tuvo que mudar a las cercanías de Parral, Chihuahua, en el rancho del Huatle, durante el invierno, con hambre y frío. Don Pancho, padre de mi abuela Ala (así le decíamos de cariño por ser mi Manuela), tuvo que vender su revólver para poder comprar maíz, frijol, un becerro y unas gallinas, que medio solventaron la situación por un mes.

Miguel y Bertoldo mataron una vaca y la arrastraron hasta el comedor del rancho e hicieron un gran hoyo donde la metieron y pusieron los trozos en costales. "La Cuartada", un grupo a caballo mandados por un tal Baldomero Ochoa, buscaba la res, y llegaron al rancho en varias ocasiones sin poder encontrar a mi abuela. Me contaba que de noche se levantaban a comer y a enterrar los huesos. El abuelo Pancho murió de tristeza al ver que sus hijas no pudieron casarse por no tener nada que ofrecer al matrimonio, como animales o tierras, y, sin dotes, la vida era más difícil.

Bertoldo, hermano de mi abuela, al haber nacido un poco bragado y hecho al medio ambiente, se dedicaba a matar abigeos. Si se perdía una bestia, ya fuera caballo o yegua, a él le daban recompensa por encontrarla. Le pagaban también por traer un caballo alazán, pajarero o lo que fuera. Él encontraba al tipo –al ladrón de ganado–, lo obligaba a que cavara su sepultura y allí mismo lo aniquilaba. Era el hombre alfa de esos tiempos. En una ocasión degolló a un individuo al salir de una cantina por tener una cuenta pendiente. Mencionar su nombre en el pueblo, era motivo de miedo.

La Güera, dueña de un burdel, le regaló un caballo tordillo con su silla de marfil y plata. Se sabe que Bertoldo y la Güera eran amigos. Ya por un tiempo, Bertoldo era un vulgar estuche de monerías; desde sus pistolas de plata junto con su hebilla y espuelas de Amozoc. Pero que no te metieras entre sus ojos, pues era asesino a sueldo. En un año cometió tantas muertes como días tiene el mes de enero.

Mi abuela me decía que cuando él llegaba a comer con sus guardaespaldas, parecía engendro de Satán, cargado de armas hasta los dientes y con su filosa daga de dragones. Ella les advertía: —Si van a comer en mi casa, dejen sus armas en otra alcoba. —Todo menos nuestras dagas, ansina que sí —le respondían. Sin pensar si mi madre llegaría por alguna razón, mi abuelo le decía: —Bertoldo está aquí (Bertoldo era el tío), te largas al campo y no regreses hasta la tarde.

A Bertoldo lo encerraron entre soldados y cuicos por una borrachera y faltas a la ley. Saliendo de visitar a la Güera empezó a balacear al viento; tumbó caballos, y a un individuo le voló una pata. Lo encerraron en la comisaría, y al no darle agua a la mañana siguiente –pues se les olvidó– murió de sed o de algo provocado por la "cruda". Yo creo que ya los tenía hartos.

Para entonces corría el año cuarenta y cuatro, de mil novecientos.

Amozoc: municipio en el estado de Puebla, México; su fabricación de espuelas de plata y acero es de fama mundial.

Juana

EN UNA CANTINA se intercambió información por monedas.

—Sí, atrás del Cerro la Muela, un poco cargado al Cerro el Púlpito. Ahí está el campamento de los villistas. En la semana todos los soldados se van para Torreón y van a dejar a las mujeres solas con un que otro anciano. Esa es toda la información que tengo, sargento.

—Muy bien, Damián, aquí están las treinta monedas; nos vemos.

El sargento se fue a preparar a la tropa y le dijo a uno de sus soldados:

—Deja que Damián se emborrache, le juegas a los naipes y me traes mis monedas.

—Está bien, mi sargento.

Ya habían pasado dos semanas y las mujeres seguían resistiendo el hambre y la sed. Ahí estaban a la falda de la montaña, sin rendirse, aguantando la siega. Entre ellas, Juana, una joven valiente, haciendo el papel de general.

—No dejen que se acerque ningún pelón —ordenaba.

—Pero Juana, ya casi no nos quedan municiones, somos muy pocas mujeres y con un chamaco de brazos.

—Hasta la última mujer y la última bala; ya nos llegarán refuerzos.

Por las noches encendían lumbradas. De las trece mujeres, la mitad velaba. Con sus faldas largas, el viento frío e inclemente las hacía verse como fantasmas diabólicos estando cerca de las hogueras. Juana la guerrillera, joven de diecisiete años, morena, de cabello largo negro –como los escarabajos–, y sus ojos zarcos, buscaba en su mente una salida, pero no había escapatoria; ella sabía que si se rendían, las mancillarían antes de asesinarlas.

De los caballos quedaban siete, porque dos ya se los habían comido. Juana pensaba: "Nos quedan unos días de vida y no sé qué hacer. Hipólito estará en La Noria preparándose para ir a pelear a Torreón, y yo aquí sin saber qué hacer".

Esa noche, Juana dormía abrazando su fusil. Soñaba que estaba en una fiesta de disfraces y bailaba con un hombre con sonrisa de ángel y ademanes de un muñeco extraño. Se dio cuenta que todos los hombres de ese baile eran catrines vestidos de negro, pero sin vida. Quiso huir. En la habitación contigua estaban unos ancianos jugando a las cartas, y tenían a un soldado prisionero amarrado, tirado con la misma cara de ella; reconoció a uno de los viejos, era su abuelo Catarino.

—Tata, qué está haciendo aquí si usted hace mucho tiempo murió.

—Sí, mi hija, pero no he muerto en tu mente.

—Tata, pero ese soldado tiene mi cara, ¿por qué?

—Sí Juana, ese soldado eres tú. Si no usas alguna maña, tú eres la que va a morir, y algunas veces no hay regreso, te quedas flotando entre los sueños de la gente para siempre, no importan ni las misas ni nada.

—Qué puedo hacer Tata, dígame.

—Yo ya no voy a regresar, no me dieron licencia pa' volver, pero juega el juego de la lagartija, y yo estaré cerca para indicarte el camino.

—Gracias Tata.

En la mañana despertó un poco confundida. "¿Qué es lo que hace la lagartija cuando está arrinconada? Presenta pelea, huye y tira la cola para confundir al enemigo".

—Ya lo tengo —les dijo a las mujeres. —Esta madrugada les vamos a jugar una treta a los soldados. Mandamos algunos de los caballos arrastrando arbustos encendidos; quiero cuatro voluntarias que se queden a cuidar la retaguardia. Cuatro jóvenes mujeres hablaron y Juana las mandó callar.

—Por esta vez yo soy la que mando. Quiero a Petra, Chencha, Paz y Margarita; ellas son las más viejas y no se van a poder mover con mucha rapidez. Y si caen presas las van a matar sin hacerlas mucho sufrir.

Todo era calma, sólo dos comadres hablaban.

—Llévate mi carabina Margarita, yo cuido de tu niño.

—Gracias comadre.

Al darle a su niño, él se sujetó de la ropa de su madre. Ella lo besó y grandes lágrimas redondas rodaron por sus mejillas.

—Comadre, le hablas de mí.

—No te preocupes.

—No te olvides hablarle de mí.

Eran las tres y media cuando se rompió la siega; tronaban balazos por doquier. Juana y sus mujeres se escabulleron por el costado derecho y las que se quedaron atrás disparaban a discreción. Una a una fueron cayendo y la última, herida de muerte, cayó de rodillas pero se incorporó.

—¡De rodillas no muero nunca! —y cayó. —Muero con la imagen de mi niño, al que amo desde antes de nacer, y me lo llevo aquí en mi corazón para siempre —dijo antes de morir.

—Nos llevan unas pocas leguas de ventaja —dijo el sargento de voz petulante—, cuando aparezca el alba iniciamos la persecución.

Las mujeres, con unos cuantos caballos flacos, viajaban por esos parajes desolados, todas greñudas, tiznadas por las explosiones de la pólvora, hambrientas y sedientas.

Los grandes conquistadores —Alejandro el Grande, Aníbal— hubieran hecho todo menos burlarse ante semejante valentía. Enfrente de ellas estaba una montaña a la que durarían unas horas para darle la vuelta. Un anciano les dijo: —Váyanse por ese camino y ahí se esconden.

Juana les preguntó: —¿Dónde está el viejo?

—No lo sé, se recargó en ese árbol y se hizo parte de él.

Ahí, entre la montaña, pasaron la noche. En la mañana, un soldado capturó a una de las mujeres, le apuntó con el fusil.

—Deje el niño en el suelo, la tengo que llevar con mi sargento.

Ella levantó una piedra redonda.

—Aquí nos tienes que matar a los dos, recuerda que tú también fuiste un niño pequeño, y tú viste una madre que te protegió.

—Señora, váyase, pero no le diga nada a mi sargento.

—Gracias, muchacho.

A mediodía, una docena de soldados se entretenía disparándoles a las rocas donde estaban escondidas las desgreñadas.

—Salgan, preciosas, que las vamos a tratar bien —gritaba uno de los soldados.

—Juana, no tenemos balas, sólo cuchillos, y Panchito está muy hambriento, ¿qué hacemos?

—No hacemos nada, sólo esperamos. Lo único que tenemos es la montaña y la muerte, y ninguna es la solución.

En esos momentos todo se hizo calma. Todos los soldados del gobierno quisieron huir, pero estaban cercados por un pelotón de la tropa selecta de Pancho Villa y al mando de la bestia sagrada, Rodolfo Fierro, el guardaespaldas del Centauro.

—Si serán valientes con mujeres—. Les dio órdenes: —Cuélgueme a todos estos perros.

—Mi general, aquí no hay árboles.

—¡A correr!, y al que llegue a aquel cerco de piedra se le perdona la vida antes de que cargue mi "matona".

Todos cayeron acribillados, pues sólo era un juego que se le da a los condenados (la ley fuga).

Una de las mujeres dijo: —Gracias, mi general, pero Panchito, este niño que apenas resuella, es hijo del General Villa. Pancracio, tú que tienes la yegua más ligera, llévate a este chamaco a La Noria y busca a una mujer que esté amamantando y con tu vida respondes. Quiero que Pancho conozca a su retoño, pues La Noria está en el rancho más cercano.

—Si no hubiera sido por el viejo que vino a buscarme, ustedes no estarían con vida.

Juana preguntó: —¿Cuál viejo, si se puede saber?

—No es importante.

En dos días ya se habían reunido en Torreón con las tropas villistas, mientras que Juana ayudaba torteando gordas para alimentar a la tropa. Villa pasó a felicitarlas y con un pellizco en las mejillas dijo: —Juanita, usted nos demuestra que usted es más valiente que algunos de mis soldados.

No se necesitaron medallas ni galardones para que Juana se sintiera halagada. El sol caía mientras se preparaba la Toma de Parral por tropas villistas en 1912.

Pancho Villa ocupa Parral

MI ABUELA ME RELATÓ que en 1912, las tropas del Centauro del Norte ocuparon Parral, Chihuahua, México. Entraron por varias direcciones, por el norte y el sur. Las tropas revolucionarias comandadas por Villa pusieron sus cañones y ametralladoras en el Cerro la Prieta.

Mi abuelita me comentaba cómo viajaba de lado a lado de la ciudad con sus estruendos, las balas de la artillería (bolas de cañón), y al toque de queda, a las doce, salía a buscar comida a las tiendas que estaban abiertas.

Me relataba cómo hombres y caballos yacían tirados por las calles, los caballos con las tripas de fuera. Más o menos a la una del día empezaba la contienda. Un día, dos revolucionarios se metieron a su casa —en la Calle Alfareña— por comida, y se comieron los asientos del café. Mi bisabuela los echó a la calle pues ellos querían disparar desde la ventana.

—Si disparan desde mi ventana, en muy poco nos van a disparar aquí.

En unos días, los Villistas tomaron Parral, fusilaron a los jefes militares y a los de la leva los perdonaron.

Como al mes, cuando todo regresó a la calma, hubo un pequeño desfile de los revolucionarios y unos cuatrocientos guerreros. Cuando mi abuela Manuela (Ala) vio a Villa le gritó: —¡Adiós, mi general! —"¡Adiós muchacha!" él le respondió. Me dijo que no pudo respirar bien todo un día.

Se fueron como vinieron, no se sabe si al norte o al sur. Sólo optaban por un mejor México.

Siete Leguas

SE OÍAN LOS RELINCHOS de ese potro en las noches de luna cerca de las vías del barrio de la Chole y del Conejo. Mi abuela decía que en noches de luna nadie salía a la calle. Ni los enamorados se veían.

El caballo del general corría nervioso buscando a su amo. No sabía que ya lo habían ultimado. De Durango a Parral, por rutas conocidas por el brioso corcel, recorría los entornos en minutos. El Cerro el Púlpito y la Muela fueron testigos de su loco correr. Nunca fue visto de día. Era un caballo grande, de estima, oscuro, inquieto, de grandes ancas.

En vida, el Centauro subía a cualquier cerro con su chata, disparando a los nopales. Allá arriba gritaba con alegría, como endemoniado, causando temor. Bajaba y volvía a cargar su fierro para descargarlo en las tunas. Eran escenas fantasmagóricas. El Centauro no era nadie sin su cuaco y viceversa.

Siete Leguas, a veces, pasaba por el panteón de Parral y sentía la presencia de su amo. Pateaba con furia las puertas del camposanto. Nunca fue capturado. Era el más codiciado por los cuatreros. A veces lo veían de líder entre una caballada por la sierra de Balleza, y otras, por el Valle de Allende.

Un día, entre Camargo y Delicias, el portentoso potro se esfumó para siempre y se hizo leyenda.

El Sueco

UN JOVEN DE DIECIOCHO AÑOS se graduaba de contador en la capital del estado. El nuevo contador de la familia empezó a trabajar en la mina de su pueblo mientras esperaba que se abriera alguna plaza nueva de contaduría.

Los primeros días de minero fueron duros, ya que lo mandaron a trabajar a los talleres afuera, a campo raso. El primer día fue común y corriente. Al final del día se estaba preparando a partir a casa. Cuando se estaba lavando, cuatro compañeros lo agarraron para "bautizarlo". El "bautismo" consistía en echarle aceite en la cabeza con rebabas de acero.

El Sueco –como le apodaban al joven– le gritó al fortachón que lo sujetaba: —Tú solo bautízame, hijo de la…

Lo soltaron y se armó la trifulca. El Sueco le conectó ráfagas de tres o cuatro golpes al rostro, moviéndose dos pasos hacia atrás. Uno de los golpes del fortachón tocó la cadera del Sueco y el dolor le duró unas semanas. Pensó a sus adentros, "Si me hubiera tocado el rostro, me hubiera desfigurado". Así quedó el pleito—ni amigos ni enemigos.

El Sueco tenía su equipo de béisbol en el que estaban Raúl, Tavo, el Antiguo y el Borrado. La Furia Gris, se llamaba el equipo. Los del equipo se divertían entre charras y chistes.

Un día, el Antiguo no se presentó a jugar. Cuando lo fueron a buscar lo encontraron tendido en su cuarto. Había fallecido sin causa aparente. Vieron a su amigo en un rectángulo de cal; su cabeza descansaba sobre un adobe. Fue un día triste para el equipo.

Los nueve años de minero del Sueco fueron duros. Un día, al entregar un oficio, se informó del trabajo que ahí hacían. Se dio cuenta que eran contadores y pensó, "Yo soy contador, ¿qué hago entre las entrañas de la tierra?".

Con el tiempo, después de nueve años, optó por una carrera empresarial, primero vendiendo productos para las cantinas. Así fue ascendiendo la escalera mercantil hasta llegar a ser empresario. Ya que los años cincuenta daban sus comienzos, y ya casado con dos hijos, ese hermoso México se veía muy incierto, y para el Sueco, ese país que le había dado la vida le podía dar todo lo contrario.

En los años sesenta dicen que se fue para el extranjero o las Islas Canarias. De él nunca más se habló.

Pedro Rudko
(Sí hay lobos en Siberia)

EN RUSIA, EL FIN DE LOS ZARES HABÍA LLEGADO. Después de que sacrificaron a Rasputín y a la familia real (las cuatro hijas, el hijo y los padres), mucha gente decidió huir de la madre patria, Rusia. Pedro y María dejaron la aldea en una pequeña carreta jalada por dos caballos. Llevaban consigo a sus dos pequeños cosacos. El dilema era si iban a llevar a su viejo, noble y pulguiento perro. Los niños lo querían, pero María y Pedro sabían que sería una carga más, puesto que Firus ya era muy viejo. Después de gritos y lloros de los niños, decidieron llevarse a Firus con ellos.

Los pequeños habían hecho dos espadas de madera para "proteger" a la familia en el camino. Estaban conscientes de los peligros que enfrentarían en la larga senda que emprendían. Faltaban pocos meses para el invierno; se tenían que apurar. A la carreta habían subido sólo lo necesario. Como en dos o tres semanas estarían en Siberia, y en seis meses, a más tardar, en la frontera de Europa. Su destino era Polonia, donde unos familiares los esperaban.

Pedro llevaba su fusil de chispa de un solo tiro, su sable y su daga dragona, pues transitaban solos por esas partes alejadas de la mano de Dios. Llevaban lo necesario para sobrevivir durante los seis meses del viaje. De todos sus víveres, lo que más útil les sería –porque les ayudaría a subsistir más tiempo–, eran cuatro costales de azúcar. Venderían el dulce néctar a los soldados o se los intercambiarían por pólvora.

Después de algunos días de viaje, la temperatura comenzó a descender. No sabían si era porque se acercaban a las faldas de una montaña o por la cercanía de Siberia. Durante la noche, los aullidos de los lobos los estremecían. Entre más al sur se adentraban, más claros y sonoros se escuchaban los aúllos. No tardaron mucho en encontrárselos cara a cara. Con su arcaico rifle, Pedro, de cuando en cuando, derribaba un lobo.

Cuando llegaban al lugar del campamento que la familia al final del día improvisaba, algunos soldados les preguntaban si llevaban azúcar y si les podían vender un poco. Pedro se alegraba de haber tenido la maravillosa idea de traer con ellos el endulzante. El dinero que recibía le servía para comprar víveres en los poblados que iban encontrando.

Una fatídica noche, un lobo blanco que merodeaba superó el miedo a la hoguera y se enfrentó a Pedro. Este subió a su familia a la carreta y, cuando quiso accionar su vetusto rifle, se dio cuenta de que la pólvora estaba mojada. Puso el fusil a un lado y se ató un pedazo de cuero viejo en su antebrazo izquierdo. Al notar que su sable era muy largo y pesado, desistió de usarlo, ya que el lobo esquivaría sus embates con facilidad. El animal era de los más grandes que había visto. Era blanco como la nieve y de noche, con la luz de la luna, azuleaba. Era el macho alfa.

El lobo dio dos o tres vueltas al pequeño campamento y con agilidad se lanzó contra Pedro. Este lo esperaba con su daga dragona. La bestia cerró sus fauces en su antebrazo y lo derribó fácilmente. Pedro intentó clavarle su cuchilla en el corazón, sin mucha suerte. El animal era el más fuerte que Pedro había enfrentado en toda su vida. Este lobo de ultratumba tenía la fuerza de mil demonios. "¡María, María! ¡Esta bestia me está matando!"

Los niños querían bajarse con sus espadas de palo para ayudar a su padre, pero María no se los permitía. Sabía que nada podrían hacer en contra del formidable animal. La desesperada mujer no sabía cómo ayudar a su amado esposo. Firus también quería ayudar, pero estaba amarrado. "¡María, suelta a Firus! Este maldito lobo me va a arrancar el brazo".

Con su daga, Pedro no podía hacer nada debido a la fuerza del lobo. María soltó a Firus. El viejo perro pulguiento corrió como una saeta y se prendió del cuello de la fiera que aprisionaba el brazo de Pedro y se lo sacudía como un guiñapo. Firus clavó sus colmillos en el pescuezo del lobo y mordió con fuerza. El lobo soltó el brazo de Pedro para tratar de morder al perro que lo atacaba. El aterrorizado hombre, al verse libre de las fauces de la muerte, se alejó de la bestia. María corrió a abrazar a Pedro y se quedaron embelesados contemplando la escena. Aunque daba saltos y se contorsionaba, después de algunos minutos, el lobo empezó a perder fuerza, hasta que se quedó inmóvil. Firus, debido al extremo esfuerzo, también cayó muerto. Los niños lloraban, no porque su padre había estado a punto de morir, sino por perder a su mascota. Pedro y María no podían contener el llanto al estar enterrándolo.

Al día siguiente, la familia se encontró con unos soldados que les preguntaron si llevaban azúcar. Les dijeron que sí y, al ver a Pedro herido, lo curaron con sales y ungüentos y le pusieron unos vendajes. Maltrecho, Pedro y su familia continuaron su viaje hacia su destino final. Cuando por fin llegaron a Polonia, ninguno de ellos hablaba de Firus. El dolor que sentían por su pérdida y el saber que el noble animal había ofrendado su vida por salvar la de Pedro no les permitía mencionarlo siquiera.

Conocí a Pedro en 1974 en California. Me dijo que de Polonia viajaron a Sudamérica y después a los Estados Unidos. En esa ocasión, después de contarme su aventura, me obsequió una bolsa de cuero con parte del pelaje de Firus, su inolvidable perro. Una vez bien establecidos, sus hijos continuaron sus estudios y se graduaron en las mejores universidades.

Cuando Pedro falleció, fui a su sepelio en Rose Hills, California. Cuando lo vi en su caja, le puse en sus manos la bolsa de cuero que alguna vez me había regalado. Allí estaba Pedro, vestido de cosaco. Me di la vuelta para no llorar y me alejé de la capilla que estaba en medio del cementerio.

Poemas

Sombras

De mis islas donde vivo a veces me voy a la tierra fresera de Oxnard, y cerca del camino del conejo me resguardo entre las casas abandonadas. Veo a mi niño de brazos en el camino de niños que nunca nacieron, y hacen un recorrido bajando la cuesta. Son cientos de almas nobles en ropones y con velas que nunca nacieron. Los que nunca nacieron hacen su camino doloroso hasta desaparecer por el río. Yo y mi niño vemos desde los postigos ese caudaloso río de tristeza y llanto.

Anacapa

Anacapa es una isla donde vivo. Por las noches salgo de una de sus grutas. Estoy con vida, aunque sólo sea de noche. La luna de octubre se ve grande, resplandeciente como queso blanco, hermosa.

Me voy nadando hasta la orilla del puerto y me quedo viendo la noche.

Un bebé de brazos se me acerca y temblando de frío me ofrece sus manos. Lo abrazo, se queda dormido, y descanso en los arrecifes tibios.

Veo los albores de un nuevo día. El niño de brazos se esfuma, se aleja de mí.

Me tengo que evadir, pero mañana regreso a mi isla, a mi sueño, a mi ser.

Nostalgias

Estoy en la ciudad de un sol que no muere. La ciudad permanece sola. Camino como un condenado que está sin esperanza de vivir. Hace mucho tiempo amé a alguien. ¿A quién? No lo recuerdo. No sé si es tarde o mañana, pero yo camino buscando a alguien. Y este sol que no desaparece.

Me embarga una tremenda nostalgia. De qué o quién, no lo sé. Así paso los días divagando por la inclemente ciudad del sol devastador. Duermo en los parques y amanezco en la playa con la piel dorada, sin saber por qué rumbo voy ni de dónde vengo. Siempre la nostalgia me agobia y el sol de las doce del día que no desaparece. Y este amor que no se va de mí.

¿A quién amé? ¿Por qué este agobio? ¿Por qué este sol siempre en mi cara? ¿Por qué yo existo? La ciudad está sola, mi vida está sola, mi vida está hecha de nostalgias, de soles, de irrealidades, de silencios.

Quietud

En la quietud de la noche, oigo los barcos mercantes camaroneros rumbo al mar desde mi casa sola en la bahía con sus ruidos semi-sordos.

Son las tres de la mañana y aún te recuerdo. En un tiempo estuve vivo, ahora sólo divago de isla en isla, sólo con tu recuerdo. La noche es tan hermosa que no es necesario dormir. En la costa la noche es oscura y una campana se escucha en la lejanía.

En estas tierras benditas del Creador, hasta ser un alma en pena es bueno. En las noches de invierno, cuando la quietud y el sueño se alían, la paz del universo se unifica y triplica, y el amor al Creador se hace sentir.

California

California duerme en los brazos de la mar y las montañas.
Aún están en la Alta California los cálidos veranos,
Los montes poblados de árboles inmensos que adornan
La parte más hermosa de la tierra.
Los arroyos juegan a ser ríos y los transportan con imaginación a los
montes,
A Yosemite, bosque mágico lleno de pájaros azules
Que cambian la fisonomía del paisaje en un lugar legendario.
En esta tierra bendita por los dioses la naturaleza estalla
En belleza, en riqueza,
Todo lo que al suelo cae germina
Se vuelve espera, esperanza, realidad.

California es así, no existe lugar que no esté plagado de encanto.
Las altas montañas besan con sus puntas el cielo, los mares
Azotan a sus playas y a sus arrecifes lo ignoto de la vida.
En sus fantásticas noches, los galeones fantasmas circundan

Sus imaginarias rutas en busca de nuevas aventuras.

En noches de luna los amantes hacen su presencia, con un beso

Sellan su promesa, la noche los hace eternos, es la noche.

La oscuridad hace su presencia, los grillos con su incesante canto

Transforman a California en un lugar multifacético,

En una amalgama de colores.

La oscuridad se une al silencio,

Todo se vuelve estático, la vida no existe en la quietud de los siglos,

California renace y se queda estática, inerte,

Para la posteridad.

Así es la Alta California, con belleza

Sin igual, así te amo tierra mexicana de mis antepasados

Tierra madre, de mis ilusiones, de mis mañanas, tierra del futuro.

Noche

LA NOCHE ERA HERMOSA, LLENA DE DESTELLOS,
De misterios, de luciérnagas que se prendían y apagaban.
Me interné a esa magnitud de silencios sin atreverme
A preguntar, sólo a admirar destellos diamantinos
Por doquier me salían al paso, la noche era fresca,
Íntima.
No dudé, era una noche mágica estrellada,
De plenilunio, de romance, de belleza, inmaculada,
Una noche como pocas, el olor a gardenias era incesante.
La quietud del grillo reinaba.
En un instante todo cesó,
La noche se detuvo, una estrella fugaz perdió su rumbo,
Sentí gozo en mi corazón, comprendí que me habías empezado a
querer…

Noche II

A veces veo miles de puertas de estaño, plateadas, selladas. A veces mi pueblo se me pierde. Me gusta caminar de noche por las huertas de Ventura e irme a las playas de Hueneme y esperar el alba entre las rocas, donde sé que habitan centenares de gatos. De noche pienso en el amor de mis años mozos. Por los indicios de rayos que se filtran entre las nubes, la mañana está por aparecer y me hago sombra e ilusión. Corro al malecón y desaparezco hasta mañana. Cuando llegue la noche vuelvo a ser yo.

Olga

Te fuiste, te desapareciste en ese jardín extraño. Una tarde de juegos, abriste esa puerta del cementerio olvidado. Te busqué entre las sombras, y te habías ido de mí para siempre. Te dije adiós antes de que te cubrieran de tierra. Ahora te recuerdo tan radiante, tan viva y después, nada.

Olga, a ti te mataron los sufrimientos de otras vidas, por eso te perdí para siempre. Por siempre me dijiste que extrañabas otras tierras y a esas tierras has regresado. Las gardenias ya no florecen para ti. Las aves ya no te buscan en mi balcón.

Mamá, nombre sublime. Le escribo y le canto a la madre obrera, a la madre campesina, pero esta mañana le escribo a mi madre Carmelita.

Mamá, tú cuidaste mis sueños, enjugaste mis lágrimas, tú me distes razón de vivir. Ahora cada día te veo más cansada, y mi amor crece más cada día para ti.

Mamá, tu hijo el más humilde de todos, te escribe y te canta y tu nombre alaba, ¡Dios bendiga a mi madre! Mamá, nombre bendito.

A dos de tus hijos les diste el adiós eterno. En aquella noche fatídica tú y mi padre estoicamente despidieron a su primogénito y al más joven después.

Madre, a tu frente pongo una diadema de rosas y tu nombre venero. ¡Dios bendiga a mi madre por la eternidad!

Sobre el autor

J **ORGE A. ONTIVEROS,** nació en Parral, Chihuahua, México, y emigró en su adolescencia a California, Estados Unidos. Es Licenciado en Letras Hispanas por la Universidad Estatal de California-Northridge. Su pasión por la cultura lo ha llevado a incursionar en el teatro, la declamación, el tango y la literatura. En sus cuentos emplea un lenguaje natural a través de personajes que representan personas comunes que enfrentan situaciones extraordinarias que recuerdan al lector enigmas de la vida diaria, y evocan sentimientos de quedarse atorado en un lugar, una condición o un problema. También escribe poesía ambiental inspirada por los paisajes naturales que le rodean y su proximidad al mar, así como poemas románticos que reflejan emociones, deseos y sueños. Reside en Oxnard, California, una ciudad costera al oeste de Los Ángeles, sitio de una renombrada fértil llanura que produce ricos campos agrícolas en los que destaca el cultivo de la fresa.